As senhoras de Nazaré

Naim Attallah

As senhoras de Nazaré

© 2020 - Naim Attallah
Direitos em língua portuguesa para o Brasil:
Matrix Editora
www.matrixeditora.com.br

Diretor editorial
Paulo Tadeu

Capa
Quartet Books

Tradução
Alessandra Blocker

Revisão
Adriana Wrege
Silvia Parollo

CIP-BRASIL - CATALOGAÇÃO NA PUBLICAÇÃO
SINDICATO NACIONAL DOS EDITORES DE LIVROS, RJ

Attallah, Naim
As senhoras de Nazaré / Naim Attallah; tradução Alessandra Blocker. - 1. ed. - São Paulo: Matrix, 2020.
80 p.; 21 cm.

Tradução de: The old ladies of Nazareth
ISBN 978-85-8230-638-3

1. Ficção israelense. I. Blocker, Alessandra. II. Título.

20-62727
CDD: 892.43
CDU: 82-3(569.4)

Meri Gleice Rodrigues de Souza - Bibliotecária CRB-7/6439

Vossos filhos não são vossos filhos.
São os filhos e as filhas da ânsia da vida por si mesma.
Vêm através de vós, mas não de vós.
E embora vivam convosco, não vos pertencem.

KHALIL GIBRAN – Pensador

Prefácio

Por Jerônimo Teixeira

No início da preciosa história que o leitor encontrará a seguir, somos apresentados a Wardeh e Jamileh, as senhoras de Nazaré referidas no título. Seus nomes árabes são traduzidos como "rosa" e "linda", mas se Wardeh, com seu rosto redondo e angelical talvez passe por uma rosa rústica, Jamileh, esquálida e com uma corcunda acentuada, está longe de ser bonita. As duas irmãs são árabes cristãs (Wardeh é devota, Jamileh tem suas diferenças com a igreja), vivem numa pequena propriedade rural onde criam galinhas e cultivam flores. Na disputada Terra Santa elas atravessam tempos turbulentos, sempre fiéis a esse modo de vida tão simples, com apenas uma malograda temporada urbana na casa do filho de Wardeh. O Império Otomano desintegra-se após a Primeira Guerra Mundial e é sucedido pelo Mandato Britânico na Palestina. Explode a Segunda Guerra Mundial, e em 1948 o Estado de Israel é reconhecido pela ONU: a todas essas, as irmãs de Nazaré seguem negociando ovos em troca de iogurte de cabra com os beduínos ou tentando vender flores para os monges.

Este conto telúrico chega ao leitor pelas mãos cosmopolitas do anglo-palestino Naim Attallah, empresário, editor da Quartet Books, que em 2017 foi agraciado com a honraria Ordem do Império Britânico – a mais importante concedida a um civil pela rainha Elizabeth por serviços prestados às artes e às ciências. O cotidiano árduo das duas irmãs talvez pareça distante da vida chique do empresário que lançou a então desconhecida autora Elizabeth Wurtzel e seu livro *Prozac Nation* (não publicado no Brasil), que originaria o filme *Geração Prozac*, com Christina Ricci. Mas há uma relação muito pessoal entre o autor e a história – relação que só será revelada, como uma surpresa, nas últimas páginas. Wardeh e Jamileh, com toda a justiça, podem reivindicar antepassados literários como Félicité, a compassiva e simplória criada de *Um Coração Simples*, conto de Flaubert. As duas irmãs são as únicas com nome próprio no livro, que convida o leitor a ver as coisas pela perspectiva singular dessas mulheres que não sabem ler, mas conhecem intuitivamente os ritmos da terra onde vivem.

    Delicado e melancólico, o relato de Attallah pouco diz sobre as disputas territoriais entre israelenses e palestinos.

As senhoras de Nazaré

O tom da história é mais íntimo, familiar. As senhoras de Nazaré realizam um pequeno milagre: à custa de trabalho e abnegação, preservam seu precário reduto de tranquilidade a salvo dos golpes da História. Em tons elegíacos, o livro evoca uma forma de vida arcaica, representada pela relação bruta, dura, mas sempre generosa das protagonistas com a terra que lhes dá sustento. Naim Attallah celebra a beleza de uma existência que nossa superficial modernidade pretende ter superado. Há muito o que admirar nas duas irmãs. E Jamileh, no fim das contas, faz jus a seu nome.

Jerônimo Teixeira é jornalista e escritor, autor de *As Horas Podres* (contos) e *Os Dias da Crise* (romance).

Apresentação

Escrevi este livro em três dias, em agosto de 2004. Não o havia planejado, apenas aconteceu. A ideia de escrevê-lo me veio em uma noite muito quente e úmida, em Londres. Sentado no terraço do nosso apartamento em Mayfair, com vista para um lindo jardim, minha memória viajou para um passado em que eu era criança e frequentemente me sentava em outro terraço, em outra cidade, muito tempo atrás. De repente, surgiu em minha mente uma história e senti que tinha de contar. É a história de duas velhas senhoras maravilhosas que viveram na Terra Santa, na pequena cidade de Nazaré. Suas vidas foram uma constante luta pela sobrevivência, marcadas por períodos de extrema dificuldade. Elas lutaram em todas as frentes com imensa coragem e uma resiliência extraordinária, que as ajudaram até o fim.

Esta tentativa de narrar suas vidas me pareceu o maior tributo que eu poderia prestar à memória dessas mulheres. Só espero que elas me perdoem se, de alguma forma, eu falhei ao pintar a imagem precisa e verdadeira de suas tristes e ricas histórias.

NAIM ATTALLAH

Era uma vez, no vilarejo bíblico de Nazaré, duas velhas senhoras. Uma se chamava Wardeh, que significa "rosa" em árabe, e a outra, Jamileh, que significa "linda". Wardeh era bem-apessoada, robusta, rosto redondo, rosado e de traços angelicais, enquanto Jamileh era dolorosamente magra e tinha uma corcunda acentuada. De fato, Jamileh provavelmente seria considerada feia pelos padrões atuais. As irmãs viviam em relativa harmonia doméstica, embora houvesse ocasiões em que a paz era interrompida e uma breve tensão tomava seu lugar. Esse era, geralmente, o resultado de algum desentendimento com relação às suas obrigações diárias. Cada uma tinha seus trabalhos domésticos organizados com precisão, mas, às vezes, uma sobreposição nas tarefas causava ruptura em uma rotina que era essencial às vidas das duas.

O galinheiro precisava ser limpo ao amanhecer. As irmãs invariavelmente se levantavam ao raiar do dia, e as galinhas eram soltas para ciscar no pequeno pedaço de terra ao redor da casa de dois cômodos, que fora cenário da infância delas. Os quartos tinham o pé-direito muito alto. Apesar do calor, que no verão chegava a ser sufocante, os cômodos eram providos de circulação de ar natural. Uma série de frestas na junção das paredes com o teto mantinham uma temperatura gostosa e até refrescante no interior da casa, proporcionando, na estação quente, um contraste agradável com o inferno do lado de fora.

Sobre o quarto menor havia um sótão minúsculo, onde se podia estocar provisões: sacos de grãos, jarras de azeite de oliva e vinagre, que era feito em casa durante a temporada das uvas. O único acesso ao sótão era por uma velha escada em ruínas, na qual Jamileh subia com grande dificuldade. Por causa das suas inúmeras enfermidades, seu equilíbrio não era bom. Geralmente ela era bem-sucedida na perigosa empreitada, sem sequer reclamar ou pedir ajuda, mas, pelo menos uma vez ao ano, quando a concentração falhava ou suas pernas fraquejavam, ela caía da escada.

Assim como o dia das irmãs começava com o nascer do sol, ele terminava quando o astro desaparecia no horizonte. O crepúsculo era o momento em que suas atividades cessavam. Elas então podiam compartilhar do repouso da natureza. A paz e o silêncio do entardecer

As senhoras de Nazaré

traziam serenidade às suas vidas. Elas se sentavam no jardim, onde havia, em meio à abundância, algumas flores às quais dedicavam especial cuidado, já que representavam uma boa porção de sua parca renda. Normalmente as irmãs as vendiam para a igreja local. Os monges, sempre em busca de um bom negócio, nunca conseguiam ser mais espertos que Jamileh. Ela sabia qual era o preço de mercado das flores e não arredava o pé durante a negociação. Certa vez, um dos monges sugeriu que ela deveria doar as flores à igreja, em um ato de contrição por seus pecados. Jamileh ficou indignada. Como podia a igreja, tão mais rica que ela, cujos servos viviam uma vida de grande conforto comparada à sua, demandar tal sacrifício de uma pobre e velha senhora? Jamileh não era tão religiosa quanto Wardeh – ninguém conseguia se lembrar de tê-la visto rezando ou se dedicando a alguma demonstração de fé.

O jardim fértil dava a elas o ganha-pão. Além das flores, as irmãs plantavam uma variedade de vegetais, incluindo alimentos básicos como cebola e alho, além de alface, vagem e batata. Elas também tinham berinjela, dois limoeiros e três pés de romã, que davam frutos todos os anos. Ao entardecer, um aroma delicioso se espalhava, quando a brisa fazia oscilarem as folhas do pequeno jardim de ervas.

15

Todas as tardes, as velhas senhoras se sentavam na mesma posição, no mesmo horário, vendo os últimos raios de sol desaparecerem por trás dos morros. Então as memórias mais doloridas da juventude começavam a se misturar com a tranquilidade. Eram os anos da Primeira Guerra Mundial, que tinha envolvido todo o Oriente Médio, incluindo sua amada Nazaré, ainda sob o domínio do todo-poderoso Império Otomano. Elas se lembravam dos Aliados chegando aos morros e descendo em perseguição aos soldados turcos, que buscavam abrigo no vale onde fica Nazaré.

Em meio ao pandemônio que se seguiu, as irmãs iam aos depósitos de mantimentos do exército turco para participar das pilhagens. Elas levavam nas costas sacas de grãos e tudo o mais que conseguiam carregar e que poderia ajudá-las a sobreviver. Pegavam o máximo que podiam antes de os Aliados terem a chance de defender o depósito e restabelecer a ordem entre uma população faminta e frustrada, que não tinha comida nem saneamento. Nos anos seguintes, elas costumavam relembrar as formas que encontraram de lidar com um mundo tão cruel e sem o apoio de uma família. Elas foram capazes de se alimentar com o rendimento do seu pequeno jardim e contar com a natureza para se manterem vivas.

Muito tempo antes, Wardeh, aos 18 anos, se casara. O casamento fora arranjado – não lhe deram a oportunidade de conhecer ou sequer ver seu marido antes do evento. Ele tinha a reputação de ser bonito, com belos traços, conhecido em Nazaré por sua coragem em combate e sua bravura quando desafiado por adversários. A participação dele em batalhas tribais, algo comum na época, deu origem a lendas que falavam dos homens que ele havia matado. Ele era um hábil cavaleiro e excelente nas artes marciais. Homem de grande força física e presença imponente, inspirava medo em seus inimigos, mas era conhecido por ser magnânimo na vitória. A causa de sua morte, poucos meses após o casamento, permanece um mistério. Wardeh sempre se recusou a falar a respeito dele e das circunstâncias de sua morte. Só se sabe que ele tinha trinta e poucos anos e que deixou a esposa grávida. Diante de seu silêncio sobre o assunto, ninguém jamais pôde saber se Wardeh fora feliz no casamento ou se, de fato, conheceu seu marido por mais do que alguns poucos dias.

Três meses após a tragédia, Wardeh deu à luz um menino. Em um primeiro momento, seus sogros tentaram lhe tirar o filho, alegando que ela não tinha meios de sustentá-lo – o que era bem verdade, mas ela se recusou a entregá-lo. Em vez disso, o levou a uma escola alemã em Jerusalém, que também funcionava como orfanato, e que o acolheu. Ela visitava o filho na escola quando lhe era possível, mas ele foi, basicamente, criado como um alemão e submetido à disciplina de uma instituição de regime espartano.

Quando a Alemanha se aliou ao Império Otomano, no início da Primeira Guerra Mundial, os alemães o requisitaram como um dos seus. O jovem foi alistado no exército alemão e enviado para um batalhão na Turquia. Progredindo na escala hierárquica, recebeu o cargo de ajudante de ordens de um oficial do mais alto escalão. Próximo do fim da guerra, foi preso pelos Aliados e permaneceu cativo por seis meses, até conseguir escapar. Pouco tempo depois foi ter com sua mãe. O relacionamento de Wardeh com seu filho nunca foi feliz. A educação no orfanato alemão deixou marcas indeléveis no jovem. Ele se transformou num homem amargo, que raramente via o lado positivo das coisas, não encontrava suas raízes e, durante a vida, não foi capaz de aceitar a realidade de suas origens. Não sentia ligação alguma com o local de seu nascimento nem reconhecia aspectos de sua herança cultural. Em vez disso, escolheu o total isolamento de seus familiares. Não que Wardeh e Jamileh conhecessem algum parente delas, mas o filho tinha aqueles do lado do pai. A única tentativa de contato que fez foi superficial, sem muito entusiasmo, e se dissipou rapidamente. Considerava seu status mais elevado que o deles e, em sua opinião, associar-se a eles rebaixaria seus padrões. O filho de Wardeh havia se tornado um funcionário de banco respeitado, que levava a sério seu trabalho.

Não queria ser visto com seus primos, que eram, em sua maioria, lojistas e traficantes de armas. Entre esses primos havia os bons, os maus e os inconsequentes. Infelizmente, os bons tendiam a ser chatos, enquanto os inconsequentes não tinham muita importância. Os maus, no entanto, eram muito interessantes. Possuíam um jeito sedutor que ajudava a invalidar os aspectos dúbios de sua profissão. Viviam no bairro mais antigo da cidade, em casas velhas, primitivas, de difícil acesso, aonde só se chegava por meio de uma miríade de alamedas sinuosas. Para aqueles que viviam à margem da legalidade, essas tocas eram um refúgio conveniente e, numa emergência, se houvesse algum perigo, uma via de escape muito prática.

Wardeh e Jamileh tinham muito do que falar a cada entardecer, pois o filho de Wardeh agora estava casado. E aqui começaria outra história, fonte de uma nova e grande perturbação em suas vidas; mas, por ora, tudo o que se precisa saber é que ele tinha sua própria família para criar e mandava dinheiro para sua mãe e para a tia regularmente, a fim de tornar a existência delas mais confortável. Esse dinheiro nunca foi gasto. Em vez disso, era guardado numa lata e enterrado embaixo do galinheiro. Na cabeça das velhas irmãs, usar essa soma seria o mesmo que cometer um sacrilégio. Elas continuavam a viver conforme estavam acostumadas – seu jardim produzia tudo de que precisavam para sobreviver. O dinheiro era supérfluo para suas necessidades modestas.

Todas as manhãs, ainda no escuro, Jamileh se guiava pelas estrelas para recolher os ovos que as galinhas botavam e colocá-los, ainda mornos, num cesto para vendê-los no mercado ao nascer do sol. Havia júbilo se os ovos fossem abundantes e grande desânimo se as galinhas não tivessem posto nada. Então o humor de Jamileh mudava e ela as repreendia por terem-na desapontado, falhando com sua obrigação. Com as mãos erguidas em sinal de cólera, ela ameaçava lhes negar alimento. As galinhas, capazes de sentir quando a raiva tomava conta dela, cacarejavam e fugiam em pânico para longe de seu alcance. No entanto, após um tempo, o bom senso prevalecia. Quando Jamileh se recompunha, começava a chamar as galinhas numa língua que elas compreendiam e lhes jogava punhados de grãos. Jamileh tinha um relacionamento contencioso com suas galinhas, mas, ao fim e ao cabo, todas sabiam que se tratava de um pacto de sobrevivência. Cada lado entendia como prover o outro. Se as galinhas não botassem ovos, não poderiam ser alimentadas. O dinheiro que as irmãs estavam dispostas a gastar era parco. Elas precisavam de cada contribuição que os animais e a natureza pudessem proporcionar.

Wardeh e Jamileh aceitavam a vida de dificuldade com gratidão. Dificuldade que parecia, em parte, voluntária, já que elas se recusavam a gastar o dinheiro que não tivessem ganhado. Por isso o subsídio enviado pelo filho de Wardeh precisava ser guardado na lata embaixo do galinheiro. O tesouro escondido se tornou um pé-de-meia para o dia em que elas não conseguissem mais trabalhar tanto e precisassem usá-lo para não morrer de fome. A filosofia de vida das irmãs era rígida e limitada demais para permitir algum tipo de flexibilidade caso as circunstâncias se modificassem. Elas nunca teriam a capacidade de mudar seu modo de vida. De acordo com a perspectiva que compartilhavam, seria inimaginável se dar ao luxo de sucumbir a uma extravagância apenas porque um bocado de dinheiro estivesse disponível em um dado momento.

A infância difícil havia moldado as irmãs de maneira inflexível. Ela fora atormentada por regras rigorosas e atitudes dogmáticas que não encorajaram nas duas o conceito de escolha. As meninas nunca foram à escola. Desde a mais tenra idade, esperava-se que trabalhassem e nunca lhes foi permitido aproveitar a infância, como deveria ter sido o direito delas. Também não tiveram a chance de se comunicar de forma relevante com o mundo externo, o qual foram levadas a acreditar que era maligno. Por consequência, não sabiam ler nem escrever e tiveram de lutar contra o analfabetismo pelo resto da vida.

Portanto, o mundo das irmãs consistia naquilo que elas viam com seus próprios olhos e no que ouviam no círculo limitado de pessoas com quem tinham contato. Elas nunca puderam distrair a mente lendo um livro ou conquistar algum conhecimento que pudesse ter facilitado sua rotina implacável. Em vez disso, era por meio da natureza que elas procuravam as respostas para seus problemas. Invocavam a natureza para curar suas feridas, para tratar doenças passageiras ou uma febre alta. Dependiam da natureza para lhes dizer a hora do dia, pela posição do sol no céu. Conseguiam até saber as horas à noite pela mudança dos padrões das estrelas e dos planetas. Com o poente, seus quartos caíam em completa escuridão; apenas em momentos de extrema necessidade elas os iluminavam ligeiramente com uma lâmpada a óleo.

Suas camas eram dois colchões no chão, arrumados com asseio em cantos opostos do quarto principal. O segundo cômodo, além de ser usado para armazenar provisões, também funcionava como cozinha. Aquele era o refúgio diurno de Jamileh. Ali ela descansava quando estava quente demais para sair e onde também se medicava. Tratava das feridas que se espalhavam por seu corpo cauterizando-as com um ferro quente. O cheiro de pele queimada causava náusea, mas Jamileh suportava a dor com dentes cerrados e uma determinação inabalável que não a deixava desmaiar. Então, besuntava as feridas com uma pomada de ervas que ela mesma preparava. Uma hora mais tarde, após se recuperar do trauma do procedimento, levantava-se para seguir adiante com alguma tarefa inacabada. A força de Jamileh era lendária. Era impressionante como conseguira viver até uma idade tão avançada, especialmente se levarmos em conta o seu estado de saúde e a constante batalha contra vicissitudes durante toda a vida.

No fundo do jardim havia uma latrina, primitiva até para os padrões orientais. Era preciso agachar para fazer as necessidades e trazer consigo um balde de água para limpá-la. Atender ao chamado da natureza no meio da noite não era uma experiência invejável, especialmente durante o período das chuvas. As velhas senhoras não tinham sequer um guarda-chuva. Tudo que podiam fazer era encarar a escuridão com o balde na mão, desafiando o vento e se molhando até os ossos. Ao voltar para casa, enfrentavam a dificuldade de trocar as roupas encharcadas no escuro antes de, mais uma vez, se acomodarem para dormir.

Ao se deitarem, elas invariavelmente iniciavam uma conversa relatando o trabalho do dia, os males crônicos dos quais padeciam por causa da idade, suas preocupações em relação ao estado do jardim, a falta de chuva, o baixo nível da água do poço, do qual elas dependiam para manter o jardim irrigado, e vários outros assuntos comentados por pessoas de idade. A velhice começava a drenar suas energias. Elas tinham consciência de que estavam se tornando cada vez mais vulneráveis às doenças, de que

23

eram cada vez menos capazes de lidar com os desgastes do tempo. Suas conversas noturnas eram frequentemente interrompidas pelo sino que tocava no convento vizinho. Ele abrigava freiras pertencentes a uma ordem de clausura. Atrás dos muros altos, erguidos para afastar os olhares curiosos e protegê-las de quaisquer intrusos, as freiras viviam em completo isolamento do mundo, dedicando suas vidas exclusivamente à glorificação de Cristo.

As duas senhoras se reconfortavam ao considerar as semelhanças entre a vida delas e a das freiras. Tanto umas como as outras trabalhavam pesado, mas com propósitos diferentes. As irmãs buscavam simplesmente sobreviver, continuar resistindo, sem garantias de uma recompensa celestial, ao passo que as freiras trabalhavam na antecipação de um mundo além deste. As irmãs não tinham alternativa além de se resignarem a uma vida de desconforto, enquanto as freiras se tornaram prisioneiras da pobreza sagrada ao escolherem a abnegação. Havia uma ironia na comparação. Em termos terrenos, as freiras talvez estivessem em uma situação muito pior que a de suas vizinhas, uma vez que elas não tinham a liberdade de fazer o que desejassem.

Pelo menos as irmãs desfrutavam da dádiva divina da independência e se consideravam afortunadas por tê-la conquistado.

Durante a longa vigília da noite, uma das velhas senhoras podia permanecer acordada, enquanto a outra dormia e vice-versa. Então, seus pensamentos e sonhos continuamente se misturavam com a realidade. Se as duas estivessem acordadas, elas começavam a compartilhar histórias do passado ou a contar seus sonhos uma para a outra, que não eram nada além de um reflexo do presente. Os pensamentos de Wardeh com frequência migravam para o filho e suas vidas após a volta dele da guerra. O filho era um personagem complexo. Ele enxergava o mundo com pessimismo, o que, aparentemente, o privava de qualquer sentimento de felicidade ou de ambição que fosse além de encontrar um emprego seguro para lhe proporcionar certo status na sociedade. No entanto, ele era muito sociável. Pessoas que o conheciam superficialmente o consideravam um homem extremamente cativante e tinham uma ótima opinião a seu respeito. Embora sua disposição raramente fosse jovial, quando se encontrava de bom humor, era capaz de encantar a todos à sua volta. Outro aspecto de sua personalidade era o temperamento explosivo, que não conseguia controlar – uma característica que iria lhe custar caro no futuro. O reencontro com sua mãe depois da guerra fora repleto de emoção; mas, com o passar do tempo, o jovem mal conseguia reconhecer a existência da mãe e de sua irmã solteira. Nos melhores momentos, o relacionamento exigia esforço de ambos os lados e a tensão borbulhava abaixo da superfície.

Pouco tempo depois de retornar da Turquia, ele encontrou trabalho num banco egípcio, que depois foi comprado por um banco inglês. Mudou-se da estagnação de Nazaré para a cidade grande e levou sua mãe e a tia consigo. A ideia era que elas cuidassem da casa, tornando sua vida confortável. No entanto, a tensão estava sempre presente, criada pelo abismo entre a instrução e o analfabetismo e a ausência de tais vantagens. Qualquer tolerância era artificial e cresciam sinais de que a situação estava prestes a explodir. Aos 30 anos, o rapaz encontrou uma noiva de 17. Ela ainda estava na escola e seu pai era um conhecido alfaiate e mercador de tecidos que fazia negócios principalmente no Egito. Ele enxergava em seu futuro genro todas as qualidades de um bom partido: um jovem sério em suas atitudes, que seguia fielmente as convenções e costumes da época. Tinha um trabalho fixo com salário mensal e era cuidado por duas parentes ciosas e sensatas – a mãe e a tia. As duas iriam ajudá-lo a proporcionar à sua filha uma casa adequada e bem gerida. O que mais um pai poderia desejar? Ele estava feliz em dar a mão dela em casamento. A cerimônia foi uma ocasião memorável.

A noiva vinha de uma família católica muito religiosa, que seguia os ensinamentos da igreja com rígida devoção. Ela tinha três irmãs, uma das quais estava prestes a ser canonizada pelo papa. Os milagres autenticados eram o assunto da cidade, e a família não se aguentava de felicidade por ter, em breve, uma santa entre eles. A nova esposa do filho se mudou para o andar superior da casa grande onde ele morava com a mãe e a tia, na rua que então era chamada de Rua da Montanha. O andar superior da casa era espaçoso e independente, ideal para acomodar uma jovem família. Mas, apesar de estarem fisicamente separados de Wardeh e Jamileh, que moravam nos aposentos do andar de baixo, as discussões logo começaram, e continuariam por quase catorze anos. Para o mundo lá fora, eles pareciam uma família unida, especialmente com o aumento no número de crianças, num intervalo de três anos entre cada uma delas: três meninas e um menino. A mais velha era uma menina de 13 anos quando a crise finalmente chegou ao apogeu.

Foi uma calamidade quando o filho de Wardeh, em um de seus humores mais sombrios, teve um perverso e incontrolável acesso de raiva. Ele pôs a mãe e a tia para fora de casa com uma ferocidade desnecessária e, literalmente, jogou-as na rua. Houve uma grande comoção, com uma boa quantidade de empurrões e, fosse ou não a realidade tão severa quanto implica esta descrição, o resultado estava longe de ser agradável. Wardeh e Jamileh ficaram com o corpo roxo como consequência da briga e sem abrigo na cidade grande.

Num primeiro momento, elas buscaram refúgio em uma igreja protestante do bairro alemão. Dentro do complexo da igreja vivia um estofador cego que elas visitaram com frequência ao longo dos anos. Elas formaram uma ligação estreita com o homem, que as acolheu de braços abertos. Ele estava disposto a compartilhar alojamento e comida com as duas velhas senhoras, de quem aprendera a gostar e respeitar.

A princípio as irmãs não conseguiam parar de chorar, e seus ferimentos estavam à vista de todos. Durante um tempo, ficaram inconsoláveis. Era como se o mundo delas tivesse desmoronado e as duas não enxergassem mais motivos para continuar vivendo.

As senhoras de Nazaré

O cego, no entanto, tinha uma visão racional daquele terrível incidente, ainda que demonstrasse profunda empatia com a situação delas. Durante toda a provação, ele as avisara do desastre que as esperava caso não conseguissem, por assim dizer, sacudir a poeira e juntar cada grãozinho de força para superar os efeitos daquela tragédia. Elas ficaram com o amigo por duas semanas antes de voltarem para sua velha casa.

A casa de dois cômodos fora abandonada durante os anos que as irmãs passaram na cidade grande. Ao voltarem a Nazaré, agradeceram a retomada de uma rotina que as levou de volta a suas raízes. Elas raramente falavam da experiência do despejo. O tempo era um grande remédio; tudo podia ser perdoado e convenientemente esquecido. As velhas senhoras eram seletivas o suficiente em sua sabedoria a ponto de se lembrarem das coisas boas que aconteceram e deixar de lado as ruins, consequência da fraqueza humana. Era como se a existência delas contasse pouco, pois acreditavam que, no final das contas, o bem tinha de sobrepujar o mal. Enquanto isso não acontecia, reflexão e tolerância tornariam suportáveis os eventos mais doloridos e menos terríveis do que pareciam na ocasião.

Elas nunca falavam mal de quem quer que seja. Só Jamileh tinha uma questão em relação à "Igreja gananciosa", segundo suas palavras. Ela nunca media as palavras que proferia a respeito do assunto. Acusava a Igreja de tirar dinheiro dos pobres e desvalidos para que seus monges e padres pudessem beber vinho, buscando compensar a provação do celibato. Jamileh tinha um temperamento forte e nunca hesitava em expressar sua opinião, nem duvidava da veracidade de seu ponto de vista. Seu dogmatismo tinha uma desvantagem, já que a transformava em um alvo natural para aqueles que zombavam dela. Jamileh era facilmente levada a ter fortes reações por causa de um comentário provocador ou um desafio velado. Wardeh, por outro lado, aceitava qualquer gracejo ou brincadeira com tranquilidade, sem nunca perder a calma. Não havia provocação que a tirasse do sério.

Havia um pobre lunático na vizinhança que, ao andar nas ruas, era perseguido pelos gracejos de jovens rapazes. Ele nunca reagia até que começassem a assobiar para ele, o que sempre provocava nele um acesso de raiva. Como retaliação, ele atirava pedras. Grandes eram as perturbações que o perseguiam ao longo da rua. Certa vez, Wardeh lhe perguntou por que reagia com tanta violência ao ouvir alguém assobiando; talvez o assobio não fosse para ele. Não era tão louco, respondeu ele, que não soubesse reconhecer seu próprio assobio.

As senhoras de Nazaré

Talvez a situação doméstica das irmãs não contasse com o conforto e a segurança de que desfrutavam quando viviam na cidade grande, mas estar longe da família cada vez maior do filho de Wardeh era mais fácil emocionalmente. Elas estavam felizes por retornar ao ritmo natural do jardim e ao trabalho que ele lhes demandava. Seus padrões mutantes eram mais fáceis de administrar do que a constante necessidade de se proteger da explosão irracional de um ser humano. Por outro lado, elas sentiam imensa falta das crianças. Acima de tudo, tinham saudade do menino, pois, embora as três moças fossem igualmente amadas, era a ausência dele que lhes causava o maior pesar. As velhas senhoras teriam, de boa vontade, sacrificado suas vidas pelo menino. Ele se tornara o xodó da avó e da tia, a razão de viver das duas. Em qualquer lugar do jardim que pusessem os olhos, conseguiam ver sua imagem. Na sombra das árvores, nas nuvens que passavam, no escuro da noite, ele era a centelha de luz, o filho que desejavam ter tido. Era a esperança para o futuro. Por meio dele, enxergavam o caminho para novos horizontes e mares mais calmos. Ele seria a última salvação das duas em um mundo cruel e indiferente.

Wardeh refletia sobre como o menino sofrera com a saúde desde sua tenra infância. O médico local visitava regularmente a casa da Rua da Montanha. O pequeno parecia contrair todas as doenças possíveis e imagináveis.

Depois tinha que passar um longo período na cama para se recuperar. Sua incapacidade de se defender das doenças era uma constante fonte de preocupação. O médico diagnosticou anemia e prescreveu fígado cru e beterraba, além de uma injeção que deveria ser administrada três vezes por semana. Após uma severa disenteria, o menino teve de engolir grandes quantidades de arroz e potes e mais potes de iogurte de cabra. Quando desenvolveu uma amigdalite aguda, Wardeh e Jamileh se mantiveram ao lado de sua cama a noite toda, passando um pano frio e úmido em sua testa para aplacar a febre. Mas o pior ainda estava por vir, quando ele foi diagnosticado com pneumonia. Muitas vezes, no meio da noite, Wardeh ia até o terraço que ficava acima da rua, os braços estendidos para os céus, enquanto suplicava ao bom Deus que salvasse a vida de seu neto. A doença se agravou de tal modo que, além de seguir o conselho do médico, as irmãs também recorreram a remédios orientais tradicionais. Taças quentes foram aplicadas nas costas do menino a fim de lhe fazer uma sangria. Suas bordas redondas deixaram cicatrizes como lembrança da gravidade da doença.

    Wardeh não conseguiria continuar vivendo se o menino não se recuperasse da série de doenças. Jamileh, que o amava com a mesma intensidade, reagia de forma impassível, sem externar nenhum sinal de emoção. Embora não demonstrasse acreditar no poder

As senhoras de Nazaré

da reza, sempre confortava Wardeh assegurando-lhe que ele iria superar as crises alarmantes, pois podia ver que, apesar da fragilidade de seu corpo, ele era um lutador.

Em Nazaré, o menino continuava a ser assunto das velhas senhoras, especialmente durante os meses de inverno, quando as janelas ficavam fechadas e o vento uivava lá fora, competindo com o dobrar do sino do convento. A conversa não era sempre triste. Às vezes elas se recordavam de um episódio em particular que as fazia rir. Aconteceu poucos meses antes de serem despejadas da cidade grande, quando, desesperado, o filho de Wardeh procurou o conselho dos anciãos para saber a melhor forma de lidar com os males persistentes do filho. Queria saber como ele poderia fortalecer o sistema imune do menino. Sugeriram que uma circuncisão poderia ajudar, embora ninguém conseguisse dar uma explicação científica para isso – mas pessoas desesperadas tomam medidas desesperadas. Foi decidido que circuncidar o menino não faria mal e talvez trouxesse algum benefício. Os judeus não praticavam a circuncisão desde tempos imemoriais? Não era parte da aliança com Deus descrita no Velho Testamento? A única questão era quem seria capaz de praticar o ato da circuncisão. Os médicos daquela parte do mundo estavam relutantes, não tinham experiência suficiente para fazer a operação com confiança. As únicas pessoas com conhecimento e experiência em tal procedimento eram os rabinos, para quem aquela era uma tarefa corriqueira – quase diária.

Fizeram contato com um rabino ortodoxo, que foi até a Rua da Montanha com sua longa faca sem demora, mas apresentou-se na casa errada. Como ele não falava outra língua além do hebraico, mostrava sua faca e repetia a palavra "bebê", matando os vizinhos de susto antes que a situação pudesse ser esclarecida. Wardeh estava presente no quarto quando o rabino chegou e fez a operação. O menino berrava desesperadamente, e Wardeh não conseguiu segurar as lágrimas diante de um ritual que ela achava medonho, muito além de sua compreensão. Ironicamente, no entanto, o menino foi ficando mais forte. Quem poderia dizer que aquilo acontecera em decorrência da circuncisão ou se simplesmente fazia parte do desenvolvimento natural de seu corpo, que, gradativamente, desenvolvia a habilidade de se defender das infecções? Talvez tenha sido um daqueles atos fatídicos que marcam os estágios sucessivos de nosso crescimento. Qualquer que fosse o motivo, o menino estava fora de perigo no que tangia à sua saúde e podia desfrutar de uma infância mais estável.

Com certeza sua infância se tornou mais normal, pelo menos aos olhos do mundo lá fora. Em sua casa, no entanto, o menino continuou a ser superprotegido. Ele ficava sob constante supervisão, já que poderia sofrer uma queda ou ser ameaçado por algum outro tipo de mal físico. Uma boa parte de sua infância parecia desperdiçada, enquanto ele ficava agachado na varanda de sua casa na Rua da Montanha observando o mundo lá embaixo. Via crianças de sua idade brincando na rua, se divertindo, pulando de felicidade enquanto passavam por ele. Raramente lhe permitiam participar de alguma atividade que tivesse um elemento de perigo, fazendo com que se sentisse um prisioneiro dentro de sua própria casa. Aquela obsessão em evitar risco era absurda e não deveria ter durado tanto tempo. No entanto, seus pais insistiam em protegê-lo com muito zelo, e assim a maior parte de sua juventude se foi. Ele estava destinado, mesmo nos primeiros anos de sua adolescência, a ser incapaz de nadar, andar de bicicleta ou praticar algum esporte com habilidade.

Quando a Segunda Guerra Mundial atingia seu momento mais crítico, o filho de Wardeh começou a ficar cada vez mais preocupado com suas atividades bancárias. Ele era encarregado de fazer o pagamento das forças aliadas na Palestina. A pressão o tornava ainda mais irritadiço do que antes; o clima em sua casa se deteriorava progressivamente. Seu comportamento errático começou a inspirar um medo ainda maior. Ele passou a cuidar da casa como se fosse um *bunker* de exército, sendo ele seu comandante supremo. As crianças o evitavam ao máximo, raramente eram vistas em sua presença. No fim da tarde, à medida que se aproximava a hora de seu retorno do trabalho, a apreensão crescia. Não havia meio de saber como estaria seu humor. As crianças ficavam grudadas à janela para poder avistá-lo assim que surgisse na Rua da Montanha, então corriam para avisar a todos da iminência de sua chegada. O momento em que entrava em casa era sempre repleto de drama. Os integrantes da família se retiravam aos seus aposentos, com exceção da esposa, que punha a mesa para seu almoço tardio. Se a comida não estivesse do agrado do marido, ele fazia uma cena e exigia uma alternativa, mesmo sabendo que não estaria prontamente disponível. Era difícil adivinhar o que ele gostaria de comer em qualquer dia em particular. Tudo dependia do seu estado de humor, se o seu apetite estava mais seletivo do que de costume e, portanto, mais difícil de agradar. Ele tratava a esposa com pouca consideração e tinha o propósito de transformá-la numa concha vazia, que apenas ecoava sua visão de mundo. Ele não demonstrava nenhum tipo de bondade. De fato, em momentos em que seu temperamento explodia, ele a agredia fisicamente e quebrava qualquer objeto de louça que lhe viesse à mão. Quando seu temperamento o consumia, ele se transformava numa figura monstruosa. No entanto, em momentos de calma, sempre se arrependia do que havia feito. Chorava feito criança, pedia desculpas e dava exageradas demonstrações de afeto. Ao perder o controle ele era demoníaco, mas, quando seus demônios batiam em retirada, era impossível acreditar que existia um lado sombrio no seu caráter.

Wardeh e Jamileh aprenderam a um altíssimo custo até que ponto poderia chegar sua instabilidade. Elas tinham muito medo do efeito de seu temperamento sobre a família.

"A disciplina germânica o transformou nessa aberração de ser humano, que é tão egocêntrico e tem esses acessos de raiva. Sua educação foi muito severa. Ela o encorajou a ser o que é hoje, um homem sem controle sobre seu fogo interno", Jamileh declarava durante suas conversas.

Durante a Segunda Guerra Mundial, a simpatia do filho de Wardeh estava firmemente voltada para a Alemanha, mesmo que ele dependesse dos Aliados para seu sustento. Passava boa parte da noite ouvindo o rádio, sintonizando as transmissões de várias estações alemãs. Como o alemão era sua primeira língua, ele era capaz de seguir o progresso do exército nazista de perto e comemorava com imenso prazer qualquer notícia de vitória do Eixo. Isso era perfeitamente compreensível, uma vez que ele se considerava mais alemão do que qualquer outra coisa.

O Mandato Britânico na Terra Santa conquistara poucos amigos entre a população árabe, que acreditava que os ingleses fossem a favor de estabelecer uma casa judaica na Palestina. Durante a guerra, o levante árabe contra os ingleses fora suspenso, em um entendimento dado pelo governo britânico de que a questão da Palestina seria resolvida com uma discussão justa entre todos os partidos. O tempo diria se tais promessas seriam cumpridas.

Nesse ínterim, a inquietação do filho de Wardeh com a guerra ocupava sua atenção de tal forma que, por um tempo, parecia ter neutralizado seu temperamento, e, por um breve período, a tensão na família diminuiu. O rádio se tornou sua janela para os eventos mundiais. Ele ficou completamente tomado, dia após dia, enquanto as últimas notícias chegavam pelas ondas do rádio. A programação era frequentemente interrompida por explosões musicais. Por vezes, Mozart era tocado, mas, se precedesse um anúncio bombástico – como um futuro pronunciamento de Hitler à nação alemã –, então apenas o espírito de Wagner poderia dar conta. A perspectiva de ouvir o Führer em pessoa sempre punha o filho de Wardeh num estado de alta excitação. Todas as estações da Europa ocupada anunciavam a transmissão iminente, sempre precedida de pelo menos duas horas de música clássica, em um repertório que incluía Bach, Beethoven e a família Strauss, mas invariavelmente culminava com Wagner.

O menino ficava fascinado pela atmosfera cada vez mais grandiosa. Embora observasse tudo de longe, conseguia sentir a eletricidade no ar, como se estivesse prestes a ser tomado por algo formidável. Então, à medida que o momento do discurso de Hitler se aproximava, a tensão aumentava ainda mais e cadeiras eram postas junto ao rádio. Havia um convite a toda a família para ouvir a transmissão. Eles, obedientemente, tomavam seus lugares, embora ninguém, além do pai, conseguisse entender uma palavra. Mesmo assim, o poder da oratória de Hitler chegava até eles com contundência.

O pai ficava em júbilo ao traduzir cada palavra do discurso para o árabe com total precisão. Às vezes o discurso se tornava extremamente repetitivo, mas o filho de Wardeh reproduzia a qualidade extraordinariamente hipnótica da linguagem que Hitler utilizava com tanta destreza. A oratória de Hitler podia não ser particularmente erudita, nem tinha nenhum tipo de profundidade filosófica, mas ninguém podia negar que ele conseguia seu objetivo: capturar os corações e mentes do povo alemão. O menino, em toda a sua inocência, não podia deixar de se impressionar.

Quando a maré da guerra virou e estava claro que a Alemanha seria derrotada, o filho de Wardeh caiu em depressão profunda. Seu lado sombrio voltou à tona. Mais uma vez, foi a família que teve de absorver o impacto. Não que ele se sentisse atraído pelo fascismo; apoiava Hitler porque via a Alemanha como sua pátria adotiva e conseguia falar a língua fluentemente, sem nenhum traço de sotaque. Como muitos outros na época, ele não tinha consciência dos horrores que sofriam os judeus e outras minorias nas mãos do regime germânico nos territórios que controlava. Ele era alemão em espírito e só conseguia enxergar o que estava à sua frente. Era incapaz de compreender a realidade da situação.

Em meio ao turbilhão de emoções provocado por seu sofrimento, ele frequentava o bairro judeu da cidade, onde grande parte dos moradores falava alemão. Ele conversava em alemão durante horas com homens altamente qualificados profissionalmente. Ao passar por esse bairro, satisfazia seu hobby de comprar objetos de arte: pinturas, móveis, vidros. Ele se tornou um ávido colecionador. Um dos quartos de sua casa praticamente se transformara em museu, onde as crianças eram proibidas de entrar. Os objetos amados formavam uma coleção que ele ostentava com orgulho. Ficava maravilhado com a qualidade do acabamento do artesanato das peças que exibia nas paredes e sobre as mesas. Por fim, ele iria se concentrar na aquisição de tapetes antigos, que se tornariam sua verdadeira paixão.

O menino não tinha absolutamente nada em comum com o pai, a não ser por uma coisa: um amor simples e instintivo pelas artes. Sua avó e tia-avó ficavam aliviadas ao reparar que ele não exibia nenhum traço de violência ou os rompantes de humor imprevisíveis que assolavam seu pai e todos à sua volta. Em vez disso, e apesar das dificuldades dentro de casa, o menino demonstrava um gosto contagioso pela vida. Ele parecia ter herdado do pai apenas as características positivas. De qualquer forma, todas as noites, ao se deitar, ele travava uma luta constante contra a ideia de crescer e se tornar como seu pai. A luta em si abriu seus olhos para o tipo de armadilha que estaria adiante, ao longo da tortuosa estrada da vida.

À medida que a vitória dos Aliados se confirmava na Europa, a agitação local começou a borbulhar novamente, com a iminência da fundação de um Estado judeu na Palestina. Tanto árabes quanto judeus organizavam guerrilhas contra os ingleses, embora a hostilidade do lado árabe fosse mais pronunciada. Conforme a campanha árabe crescia em intensidade, a região ao redor da Rua da Montanha se tornava alvo constante de franco-atiradores, tornando a vida ali muito precária.

As velhas senhoras, em Nazaré, ouviam as notícias da cidade grande com apreensão. Suas lembranças transportavam-nas a um incidente que ocorreu em meados dos anos 1930, quando a família fora acordada às cinco da manhã e todos, inclusive as crianças, foram amontoados pelos soldados ingleses dentro de caminhões.

Eles não puderam nem sequer levar roupas apropriadas consigo. Os caminhões levaram-nos a um grande estádio, onde passaram o dia todo sem água e sem comida. A intenção era punir a comunidade em retaliação ao ato cometido por um combatente da liberdade, que resultou na morte de um cidadão inglês. Naqueles dias, a família vivia apavorada, com medo todas as vezes que batiam à porta, imaginando ser o prenúncio de alguma tortura nas mãos de homens impiedosos.

O menino tinha apenas 5 anos quando tudo aquilo aconteceu. Agora ele estava com 15, e seu pai decidiu enviá-lo a Nazaré para que ficasse longe do perigo. As velhas senhoras estavam radiantes. Durante os últimos anos elas quase não o tinham visto. Agora ele viria morar na casa de dois cômodos e elas poderiam conhecê-lo melhor, de perto. Entusiasmadas, começaram as preparações. Um colchão novo foi posto no canto mais agradável do quarto grande e arrumado com lençóis de linho.

De sua parte, o menino também estava empolgado. Além de morar com a vovó e a tia-avó, ele poderia provar a liberdade da qual nunca havia desfrutado. Ele poderia fazer o que quisesse e começaria a descobrir o mundo sem as restrições impostas pela família. Chegando ao ambiente primitivo em que moravam as velhas senhoras, ele imediatamente achou o desconforto mais acolhedor do que qualquer coisa que conhecia na Rua da Montanha.

A natureza bruta daquele lugar era uma mudança de ares bem-vinda. Não havia água encanada, só se encontrava água potável na Fonte de Maria, a cerca de 800 metros de distância. Ao buscar água, ele observava as mulheres beduínas que chegavam à fonte com enormes jarros de barro. Elas enchiam os receptáculos com a abençoada água fresca, punham-nos sobre a cabeça, usando anéis de pano para equilibrá-los, e saíam andando com uma postura graciosa, uma cena que era um deleite para os olhos. Buscar água potável era uma das tarefas diárias de Jamileh, mas o menino a assumiu com alegria para poder se deleitar com a visão das jovens beduínas. Sob o sol forte, o rosto delas revelava uma beleza escura, inteiramente natural, que os cosméticos modernos não haviam maculado. Tinham uma beleza inalterada. Ele nunca vira nada comparável nos rostos das mulheres ocidentalizadas da cidade grande.

O novo lar do menino era muito estranho, mas revigorante. Num primeiro momento ele sentiu falta das luzes de rua da cidade grande – tinha medo do escuro, embora nunca tivesse admitido. Durante a noite, se acordasse e sentisse vontade de ir ao banheiro no fundo do jardim, seu coração era tomado pelo medo. Ia então acordar a avó, inventando algum pretexto para fazê-la ir com ele. Dizia que tinha medo de tropeçar em alguma coisa no escuro, uma vez que não estava familiarizado com o terreno. Ela sabia que não era esse o motivo verdadeiro, mas, sem dizer nada, o acompanhava. Sentava-se numa pedra a alguns metros da casinha e esperava que ele terminasse. De vez em quando o menino conversava com a avó, para se certificar de que ela não havia ido embora. Esse medo teve vida curta. Não demorou muito para o menino aceitar a escuridão e até acolhê-la como uma boa companheira, feliz pela paz e serenidade que proporcionava.

Pouco tempo após sua chegada a Nazaré, o menino caiu doente, com um mal misterioso que sugou suas energias e o fez delirar de febre. Seu corpo todo doía, e à noite ele tinha convulsão, enquanto a febre chegava a níveis críticos. As velhas senhoras ficaram extremamente preocupadas ao se lembrarem dos episódios na cidade grande, quando todas as doenças de infância do menino se transformavam em grandes crises. Como sempre fazia em momentos de estresse, Wardeh, visivelmente agitada, rezava, mesmo acreditando que, dessa vez, apenas o poder da oração não seria suficiente.

Elas chamaram o médico, um austríaco que se dedicava a fazer trabalhos de caridade para o povo pobre de Nazaré. Ele suspeitou se tratar de um vírus e acreditava que a febre cessaria em poucos dias. Recomendou pequenas doses de aspirina e muito líquido, mas disse que, se o menino não melhorasse no tempo estipulado, gostaria de interná-lo no hospital para deixá-lo em observação. O menino entrou em pânico com a ideia de ir a um hospital. Tinha confiança de que melhoraria e declarou que, acontecesse o que acontecesse, não queria se afastar dos cuidados da avó e da tia-avó.

Assim que Jamileh ouviu isso, tomou uma decisão. Saiu em busca de uma velha bruxa que tinha a reputação de praticar ciências ocultas. Os rituais de cura que fazia envolviam incenso e a invocação de poderes misteriosos. Jamileh encontrou a velha feiticeira numa caverna abandonada que ela chamava de lar, e a curandeira fez sua aparição um tanto bizarra para fazer o que podia pelo menino. A mulher era tudo o que uma bruxa deveria ser: terrivelmente feia, com feições demoníacas. Suas mãos longas e ossudas eram cobertas de bolhas ressecadas, provavelmente resultado de queimaduras severas.

Embora achasse a velha assustadora, àquela altura o menino estava doente demais para se importar. O destino tinha de seguir seu curso. A bruxa começou besuntando sua testa com uma pasta de lama e cinza, esfregando-a suavemente antes de lhe dar as costas para cantar e fazer piruetas até entrar em transe. Então esfregou o peito e as costas dele com uma pomada grossa de ervas e cobriu seu corpo todo com um pano de linho. Aquilo, a bruxa postulou, deveria permanecer no lugar por ao menos três horas. Terminado o ritual, ela ganhou três ovos de Jamileh em agradecimento por seus serviços e partiu radiante por ter garantido seu jantar. A parte mais surpreendente é que o menino acordou no dia seguinte se sentindo muito melhor; um dia depois ele estava totalmente recuperado. Enquanto Wardeh atribuía sua recuperação repentina à intervenção divina, a tendência de Jamileh era acreditar que fora graças à curandeira e a seu encantamento. A avó e a tia-avó do menino continuavam se preocupando com ele de forma exagerada, mas procuravam não invadir sua privacidade. Elas contavam a ele lendas de tempos passados, quando Nazaré ficava em campos abertos, onde vagavam pastores cuidando de suas ovelhas. Levavam o menino à feira para comprar um corte especial de carne ou azeitonas. Ele as acompanhava ao moinho quando levavam o grão para ser transformado em farinha. Observava os velhos nos cafés fumando, contemplativamente, seus narguilés. Desfrutava todos os aspectos daquelas novas experiências. No pôr do sol, ele se juntava às velhas senhoras para sua conversa de fim de tarde, recapitulando os eventos do dia. Mesmo quando todos estavam na cama, seguiam conversando e planejando as tarefas do dia seguinte. No auge do verão, dormiam com as janelas escancaradas, e a brisa que circulava no quarto trazia consigo os aromas delicados das flores do jardim. Ele estava aprendendo tanto em tão pouco tempo, e cada dia parecia o começo de outra aventura, trazendo um novo assunto ou uma memória a ser reverenciada.

A vida das velhas senhoras também se transformara. Agora, após tantos anos de isolamento, sem esperar nada do futuro, acreditavam que a estavam vivendo ao máximo. A chegada do neto de Wardeh para viver com elas, tornando-se o foco de suas atenções, foi uma sorte repentina pela qual nunca teriam ousado esperar. O hiato entre velhice e juventude se desfez. Conversavam no escuro sobre a maravilha desse fato, até, finalmente, se renderem ao sono.

Antes mesmo de clarear o menino já estava acordado, ouvindo os sons que Jamileh fazia ao correr atrás de suas galinhas e os de Wardeh cuidando de seus pombos. Os pombos ficavam ansiosos por voar de seus poleiros após uma boa noite de descanso. Eles rodopiavam no ar até desaparecer sobre a cidade e só retornavam ao entardecer, quando eram contados um a um para garantir que nenhum estivesse faltando. A rotina matinal sempre incluía a negociação de alguns ovos frescos por uma cesta de figos ou duas ou três conchas de iogurte de cabra de uma beduína que passava com frequência para ver se havia algo que as irmãs poderiam querer. Era como se a história tivesse sido congelada e eles tivessem voltado aos tempos bíblicos.

Nas manhãs, o menino frequentemente perambulava pela cidade antes que o sol ficasse quente demais. Começou a procurar os parentes desconhecidos da parte de seu pai – todos viviam em Nazaré. O menino estava ávido por descobrir suas raízes. Diferentemente de seu pai, queria ter um verdadeiro sentido de pertencimento. Ele se deu conta de que tinha o desejo de dividir com outros uma herança sanguínea, assim não precisaria mais estar sozinho. Encontraria aqueles que o defenderiam e lutariam por ele, que poderiam lhe oferecer apoio e conforto. Falou de seus sentimentos com sua avó e a tia-avó e as duas o encorajaram a procurar seus parentes, se era aquilo que desejava. E era, de fato; sua mente voltava às infinitas horas que passara no terraço da casa na Rua da Montanha como um menino infeliz e desamparado, sem enxergar nada além do que aquilo que acontecia na rua, tão longe do alcance. Não conseguia mais aceitar ficar engaiolado, ainda que fosse uma gaiola de ouro.

As velhas senhoras lhe deram algumas direções e ele logo fez contato com seus parentes. Eles ficaram radiantes em conhecê-lo e o festejaram por quase uma semana. Ele foi jogado no meio de um turbilhão de familiares dos mais variados tipos, entre os quais, jovens, velhos e doentes. Um deles tinha uma mercearia e parecia ser o membro mais respeitado do clã; era o único primo que seu pai reconhecia como família. Ele era encantador, foi generoso com o menino e lhe deu muita atenção. O menino se viu levado para o coração de uma família que nunca havia conhecido e foi coberto de amor e de um afeto que não havia experimentado até então. Ele passou a se deleitar com a vida nova em Nazaré. Fez muitos amigos de sua idade e ganhou popularidade no bairro. A camaradagem que sempre desejara, o companheirismo e as relações próximas estavam finalmente a seu alcance.

Havia um outro parente que começou a exercer um profundo fascínio sobre ele. Era um homem de seus 40 anos, conhecido como a ovelha-negra da família. Diziam as más línguas que, além de ganhar a vida como traficante de armas, ele também era um assassino profissional. A única coisa que se sabia ao certo era que a ovelha-negra era temida por todos na cidade. Sob sua túnica branca esvoaçante ele carregava uma arma, para onde quer que fosse. A cena, quando ele caminhava pela rua, parecia tirada de um faroeste. A multidão se apartava para lhe dar passagem. Invariavelmente, davam-lhe o melhor lugar no café que frequentava, e ele se sentava ali durante a maior parte do dia, fumando e recebendo uma contínua procissão de pessoas que pareciam fazer relatórios sobre algum assunto. O respeito do qual desfrutava era provavelmente inspirado pelo medo. Quando andava pela cidade, parecia um pavão patrulhando seu território.

Em retribuição à atenção que o menino lhe dava, a ovelha-negra era muito calorosa com ele. Havia uma sensação de segurança em sua companhia que fazia o menino se sentir bem. Certo dia, o homem o convidou para almoçar em sua casa. Ela se escondia em meio a uma profusão de alamedas sinuosas na região do mercado. A esposa e a filha de 13 anos da ovelha-negra foram se juntar ao menino quando o almoço foi servido. Todos comeram sentados no chão, sobre almofadas confortáveis, como era o costume naquela região. Depois, retiraram-se a uma pequena sala em estilo oriental para um café turco. Estava claro que a menina era alvo de grande afeto do pai. Ela se aconchegou nele durante a primeira parte da visita do menino e ficou evidente que o amor deles era recíproco. De repente, no entanto, seu pai lhe fez um gesto com a mão e ela se levantou, se despediu e saiu.

Para surpresa do menino, a ovelha-negra então exibiu um arsenal inteiro de armas, de pistolas a rifles. Num primeiro momento, o menino só conseguia olhar fixamente, com espanto, para aquela coleção de armas. Depois, não conseguiu resistir e perguntou se poderia ficar com uma das armas menores, uma que pudesse carregar com facilidade. A ovelha-negra ficou orgulhosa e encantada pela demonstração de apreço de seu jovem parente pela ideia de possuir uma arma. Feliz da vida, ele presenteou o menino com uma pistola alemã semiautomática altamente apreciada pela fraternidade do mercado de armas. O menino mal acreditava em sua sorte enquanto tomava a pistola nas mãos, com uma expressão de êxtase no rosto.

Como resultado desse incidente inesquecível, o doador e o receptor formaram uma ligação ainda mais profunda.

Eles se viam com mais frequência, e a percepção do menino sobre a amizade entre eles mudou quando ficou claro que a ovelha-negra o considerava seu escolhido. Ele agora estava sendo tratado como um homem, e não mais como um menino. Wardeh e Jamileh, no entanto, ficaram horrorizadas quando ouviram a história da pistola. Elas imploraram ao menino que a devolvesse. A arma, elas insistiram, era um instrumento do diabo, e invariavelmente traria azar. Mas o menino não podia sequer imaginar a possibilidade de devolvê-la. Para ele, a pistola tinha sido a maior honraria que já lhe fora concedida por outro homem. Ele a tinha tão em conta que sua perda seria dolorosa demais. Por fim, as velhas senhoras cederam e aceitaram a derrota, embora a apreensão permanecesse.

    O menino dormia com a arma embaixo do travesseiro. Durante o dia ele a carregava consigo, embora sempre tivesse o cuidado de escondê-la. A arma se tornara sua companheira mais próxima, e ele passava horas limpando-a e polindo-a. Usava uma lata vazia de gasolina como alvo para atirar no jardim com balas de verdade. As velhas senhoras ficavam aterrorizadas com o barulho. Jamileh era quem mais sofria, pois ele zombava dela sem piedade. Fingia que estava prestes a usar como alvo a jarra cheia de água abençoada da Fonte de Maria. Assim que fazia pontaria, ela berrava chamando sua irmã e implorava a Deus que intercedesse por ela. Mas era apenas uma brincadeira, e a cena sempre terminava com Wardeh e Jamileh abraçando o menino e dizendo quanto elas o amavam, apesar de suas travessuras.

Durante os dias que precederam a formação do Estado de Israel, a guerra civil tornou-se cada vez mais violenta e sanguinária. Por fim, o filho de Wardeh achou perigoso demais permanecer na casa da Rua da Montanha. Quase sem aviso, o êxodo dos palestinos de seus lares começou, e, de repente, o filho de Wardeh, com a esposa e três filhas, chegou a Nazaré para se juntar ao menino e às duas velhas senhoras na pequena casa de dois cômodos. Numa emergência, o sangue fala mais alto. Embora as velhas senhoras ainda tivessem uma amarga recordação do despejo da casa da Rua da Montanha, elas deram as boas-vindas em seu lar a toda a família. Naturalmente, seus dois cômodos ficaram extremamente apertados; não sobrou sequer um centímetro de chão. Wardeh e Jamileh se mudaram para a pequena cozinha com o sótão que fazia as vezes de despensa, e a família tomou conta do quarto maior. Naturalmente, também, o menino achou o desenrolar dos acontecimentos sufocante, especialmente pelo fato de seu pai invadir, por assim dizer, um território que ele conquistara para si. Uma tensão instantânea tomou conta do ambiente, prenunciando as dificuldades que, invariavelmente, surgiriam nas próximas semanas.

Encorajado pelas atenções da ovelha-negra, o menino passara a se enxergar por um prisma diferente. As liberdades das quais desfrutara durante os dois anos vivendo com sua avó e a tia-avó ajudaram em seu amadurecimento. Ele não tinha mais aquela reverência exagerada para com seu pai e não iria tolerar as explosões de humor e reações violentas que formaram o centro de sua vida em família durante tantos anos. A única esperança que o menino tinha era de que o pai tivesse se dado conta de quanto seu comportamento fora pernicioso e inaceitável; de que talvez tivesse se transformado num pai benevolente, que cuidava de sua família com amor e compreensão. Mas isso não passava de um sonho vão. Com a situação política cada vez mais sombria, o pai se frustrava e se tornava mais e mais agressivo, despejando sua ira na família, criando pavor e caos.

O menino entendeu que os dias pacíficos e felizes que vivera com as duas velhas senhoras se tornaram coisa do passado. Em seu lugar se criou um redemoinho de conflitos domésticos. Até o dia em que, num acesso de raiva, o pai bateu no filho e este achou impossível não reagir. Ele correu até o jardim e pegou uma pedra grande, com a qual ameaçou o pai. Havia uma determinação aterrorizante no rosto do menino, que ninguém jamais havia visto. Tomado pela raiva, ele tremia enquanto brandia a pedra, quase não parecia responsável por seus atos. O que teria acontecido sem a rápida intervenção de sua amada avó e da irmã dela? Proferindo palavras duras em direção ao pai, elas acalmaram o menino, fizeram-no largar a pedra, levaram-no até o pequeno quarto e trancaram a porta. A tensão durou três dias e três noites, até que o pai do menino começou a chorar e a implorar perdão. Depois tudo ficou bem, pelo menos durante a estadia da família em Nazaré.

Com a fundação do Estado de Israel (e nenhum sinal do cumprimento das promessas feitas sob o Mandato Britânico), as hostilidades começaram a arrefecer e o filho de Wardeh passou a se organizar para levar a família de volta à cidade. A despedida das duas velhas senhoras estava destinada a ser um duro golpe. Mas o menino sabia que não havia futuro para ele em Nazaré e que mais cedo ou mais tarde teria de ir embora para estudar fora do país; teria de sair de baixo da sombra de seu pai e romper com o passado. Mas a ideia da despedida era tão dolorosa quanto inevitável. Wardeh e Jamileh estavam no crepúsculo de suas vidas e se resignavam ao que precisava acontecer. A expectativa de vida delas diminuía a cada dia que passava. O menino ficava imaginando se iria vê-las de novo e se perguntava se aquele seria o último adeus.

Certa noite, ele foi se despedir da ovelha-negra e contar-lhe da iminência de sua partida. A ovelha-negra o abraçou repetidas vezes. Com um rifle pendurado no ombro e a arma que sempre carregava sob a túnica branca, ele o escoltou com segurança até a casa das velhas senhoras, declarando que se o menino encontrasse algum inimigo, não deveria hesitar em deixá-lo lidar com a questão da forma que achasse melhor – presumivelmente, de maneira irascível. O compromisso despertava, ao mesmo tempo, medo e segurança.

No dia seguinte, começaram os preparativos para a volta à cidade grande. A primeira coisa que o menino fez foi pegar a arma que havia mantido por perto durante os últimos meses. Ele a embrulhou em um pedaço de linho fino, colocou-a numa lata e a enterrou embaixo do galinheiro. Ele se deu conta de que essa era outra despedida e de que provavelmente nunca mais veria a arma.

Quando chegou o momento de dizer adeus às velhas senhoras, a tristeza foi tão profunda que o menino achou que seu peito fosse explodir. De fato, seu coração começou a bater tão dramaticamente forte que ele quase desmaiou e teve de se esforçar para se manter em pé.

Wardeh e Jamileh choraram, choraram e choraram. Era, de fato, o fim de uma era.

De volta à cidade grande, a casa da família havia sido parcialmente destruída, e a parte que estava intacta fora ocupada ilegalmente. A melhor acomodação que conseguiram encontrar foi num apartamento em um conjunto habitacional inglês na outra ponta da Rua da Montanha. Era térreo, com um pequeno jardim e um terraço aberto. O menino ficou com o quarto menor – escolha dele, para manter sua privacidade. A alternativa seria dividir o quarto grande com todos os outros. A tensão costumeira estava no ar, mas o menino passara a encarar a questão com sabedoria. Agora ele aceitava que seu pai provavelmente nunca mudaria, mas também sabia que ele nunca mais se atreveria a provocá-lo para uma briga, pois não seria mais o favorito a ganhar um embate entre os dois.

Em seu quarto, o menino frequentemente se deitava na cama pensando com carinho nas duas velhas senhoras que haviam trazido tanta felicidade à sua vida. Ele tinha inúmeras lembranças, como a de Jamileh plantando uma oliveira no jardim. Quando ele perguntou a ela por que o fizera, uma vez que demoraria muito tempo para começar a dar frutos, ela respondeu: "Eles plantaram e nós comemos. Agora nós plantamos para que eles possam comer". Certa vez, um padre lhes fez uma visita e, vendo as lindas flores no jardim, quis colher algumas para sua igreja, de graça, como os monges haviam pedido antes. Jamileh, mais uma vez, recusou terminantemente. Ela e sua irmã não podiam se dar ao luxo de decorar igrejas, ela disse, enquanto passavam tanta necessidade. O relacionamento de Jamileh com a Igreja não poderia ser descrito como sendo bom, e não parecia que sua atitude iria mudar, nem mesmo se os portões do paraíso estivessem à vista.

O menino tentava imaginar o que as velhas senhoras estariam fazendo. Será que Wardeh estava bordando e reclamando de como sua vista começava a falhar? Será que Jamileh estava subindo a precária escada do sótão para pegar um saco de trigo triturado (que ela iria cozinhar no vapor, já que era mais barato do que o arroz)? Será que as galinhas estavam se sustentando, mantendo um bom suprimento de ovos para a felicidade de Jamileh todas as manhãs? A vida no campo era cheia de incertezas, dependia dos elementos sobre os quais o homem não tinha controle – os caprichos da natureza.

Seis meses depois, o menino saiu do país em busca de uma educação superior. No entanto, as coisas não saíram de acordo com o planejado. Seu pai se aposentou aos 53 anos e não tinha mais recursos para sustentar as ambições acadêmicas do filho. O menino teve que abandonar os estudos e procurar um emprego para poder sobreviver. Dois anos se passaram. Certo dia, um padre chegou da Terra Santa trazendo consigo algumas moedas de ouro que o pai do menino havia mandado. Com isso, ele pôde embarcar em um navio para casa para fazer uma breve visita à família. No navio, ele fez amizade com duas irmãs judias que estavam a caminho de Israel para trabalhar num *kibutz*. Os três se deram muito bem durante a viagem de cinco dias e fizeram um pacto de se encontrar novamente durante a semana que se seguiria ao desembarque, e foi o que fizeram.

O menino foi recebido com carinho por seus pais e ficou feliz de estar em casa. A personalidade de seu pai não mudara; seu temperamento continuava tão imprevisível quanto antes, embora fisicamente não fosse mais tão forte como outrora. Ele deu a impressão de ter envelhecido além dos anos que se passaram, e seu passo era instável, especialmente quando subia alguma ladeira. As três irmãs do menino haviam crescido, e a mais velha se casara com um carpinteiro inteligente. Sua mãe, como de costume, continuava subserviente ao seu pai. Nunca lhe fora permitido ter uma identidade própria. Ela sempre protegera muito o filho, mas, em se tratando das brigas de família, não havia o que pudesse fazer. Não havia dúvida de que ela o amava com devoção, assim como ele a amava, mas ela nunca se tornou uma grande influência em sua vida.

Durante sua estadia em casa, ele ia visitar com frequência as irmãs judias com quem fizera amizade no navio. Apaixonou-se pela mais nova e os dois passavam a maior parte das noites num parque olhando a baía e se ocupando do tipo de atividade amorosa que, naqueles dias, deixava sua marca nas roupas dos rapazes. No dia seguinte, a mãe ficava horrorizada ao achar manchas em suas calças e rapidamente as lavava, escondido de suas filhas. Finalmente, o menino convidou as irmãs judias para irem a Nazaré, para que, após dois anos, ele pudesse rever sua avó e a tia-avó. Foi muito comovente encontrar as velhas senhoras mais uma vez e passar uma última noite em companhia delas naquela casa. Enquanto ele e as meninas ficavam deitados nos colchões no chão, ele ouvia mais uma vez o sino do convento tocar em intervalos e as freiras glorificarem a Deus a noite toda.

O toque do sino evocava uma enxurrada de lembranças de sua infância na cidade grande, quando ia com suas irmãs à escola num convento, onde eram educados por freiras – estas eram de uma ordem distinta daquelas de Nazaré. Elas eram abertas para o mundo em sua missão e glorificavam a Deus por meio de seus ensinamentos. Eram bondosas e carinhosas e algumas eram bonitas. A pele delas tinha a textura do melaço e suas bochechas rosadas brilhavam à luz do dia.

Em total inocência, numa atmosfera intensificada pela beleza dos serviços, perfumados com incenso, o menino vivenciou pela primeira vez as ondas do desejo sexual. Mais tarde ele seria capaz de explicá-las como sendo agitações provocadas por um desejo saudável, mas, na época, seu corpo jovem tinha calafrios ao pensar num beijo ou abraço de uma das freiras. Ele crescera acreditando que a abstinência à qual se submetiam as lindas freiras fazia com que seus corpos, cobertos por pesados hábitos, exalassem vibrações sexuais que as tornavam devastadoras, o epítome do fruto proibido. Em breve ele teria de ir para o exterior novamente e não fazia ideia de quando voltaria para a Terra Santa. Em seu coração, sabia que essa seria a última vez que veria as velhas senhoras. Elas ainda conseguiam manter sua rotina diária, mas era evidente que estavam entrando nos estágios finais de suas vidas.

Quando o menino deixara seus cuidados para voltar à cidade grande com a família, elas passaram a sentir falta da convivência mútua e das interações diárias entre as diferentes gerações. Em toda a vida, elas nunca haviam tido uma experiência semelhante. Depois da partida do menino, elas foram tomadas por um sentimento de solidão, pela sensação de que executavam seus rituais diários sem um verdadeiro propósito, até que chegasse a hora do julgamento final. Enquanto a tendência de Wardeh era acreditar em uma vida após a morte, Jamileh era mais cética. Elas debatiam sobre o assunto, embora nunca chegassem a uma conclusão. Wardeh rezava em voz alta, enquanto Jamileh murmurava baixinho, para si, de forma incoerente. O que o murmúrio significava, ninguém sabia. Era um segredo que Jamileh levaria para o túmulo.

Wardeh passava a maior parte de seu tempo fazendo os bordados que aprendera quando pequena. Sua família era famosa pela habilidade em produzir toalhas de mesa, altamente apreciadas por colecionadores daquele tipo de artesanato tradicional. Era um ofício complexo e delicado, que envolvia muita paciência, um olho bom e uma grande capacidade de concentração. O analfabetismo de Wardeh não era empecilho para seu veio artístico. Ela criava peças muito admiradas por sua beleza e pela execução habilidosa, as quais alcançavam um alto preço no mercado de turistas e ricos mercadores, que com frequência compravam-nas para os enxovais de suas filhas. Wardeh vendia cada peça assim que a terminava e, com o dinheiro, comprava moedas de ouro, relíquias do Império Otomano ainda largamente desejadas como moeda corrente, e as enterrava em uma lata embaixo do galinheiro. Essa prática de enterrar qualquer tesouro em seu esconderijo favorito era algo que as velhas senhoras seguiam com zelo. Era um seguro contra a possibilidade de um roubo, mesmo que esse tipo de coisa raramente acontecesse naquela parte do mundo, ao menos naqueles dias.

Mas a velhice traz consigo inseguranças assustadoras. Wardeh tinha consciência de que sua visão estava falhando. A perda da acuidade de sua vista, com o passar dos anos, significava que ela era cada vez menos capaz de executar trabalhos mais delicados. Ela começou a guardar as peças mais elaboradas, formando uma pequena coleção que queria passar para suas netas, como parte de seus enxovais, quando chegasse a hora de se casarem. Jamileh, por sua vez, não fora agraciada com o talento da irmã. Suas habilidades eram dirigidas inteiramente às questões práticas, como cuidar da plantação e de suas flores maravilhosas. Ela negociava os produtos de seu jardim por manteiga ou outros laticínios de que pudessem precisar. Jamileh era esperta, e todos na vizinhança achavam que ela era um osso duro de roer. Em geral ela era simpática, embora raramente risse, e a menor crítica, não importava de onde viesse, a ofendia imediatamente. Enquanto Wardeh via o mundo numa luz do bem, Jamileh o via com certo grau de cinismo e não confiava em ninguém. Ela não esperava favores e não os aceitaria caso lhe fossem oferecidos. Seu espírito independente se manifestava em cada aspecto de sua vida. Era um estilo de vida ao qual se manteve fiel até o fim.

O menino, já um homem, retornou ao Ocidente e o Ocidente se tornou sua casa. A herança que lhe foi dada por sua avó e pela tia-avó provou ser seu bem mais valioso. O exemplo que elas lhe deram funcionava como uma constante afirmação de que havia redenção da alma e de que o espírito humano podia superar as adversidades por meio da luta e da tenacidade. A agressividade de seu pai não teve influência duradoura – embora, na época, tivesse criado um ambiente pesado e cheio de angústias. Como consequência, o neto de Wardeh aprendera a não ter medo de viver experiências novas, de mostrar um espírito de pioneirismo em seu dia a dia, que ia de encontro às convenções de segurança. Ele podia especular e perder e aprender a lição da perda, sem nunca esperar recompensas sem merecê-las. A batalha que travava para não ser como seu pai abriu seus olhos para as emboscadas que a vida poderia colocar em seu caminho. Ele não guardou rancor do pai. A perda de sua infância foi triste, mas não teve nenhum efeito adverso em sua vida subsequente. O amor pelas artes foi o único legado positivo que seu pai deixou.

O filho refletia com frequência a respeito de sua relação com o pai. Ele entendia a solidão e a sensação de não pertencimento que devia ter dominado a maior parte de sua vida. Acima de tudo, houve o tempo em que o filho de Wardeh passou no orfanato alemão. Ele nunca reclamou de ter recebido uma educação rígida, mas é evidente que sentia falta do amor de seus pais, uma vez que sua mãe não podia estar por perto e ele nunca conhecera o pai. No entanto, havia momentos em que o filho de Wardeh demonstrava uma preocupação profunda e amorosa por seu filho. Ele se tornava quase histérico de preocupação quando via a saúde do menino correndo perigo. Instintivamente, punha seus braços em volta do corpo frágil para abraçá-lo, com lágrimas escorrendo pelo rosto. Houve outras demonstrações de igual intensidade, mas raramente duravam muito tempo.

Os demônios que assombravam o filho de Wardeh nunca o deixaram. Apareciam com a menor provocação ou quando os eventos em seu cotidiano tomavam uma direção indesejada. Ele perdia a compostura costumeira e tinha explosões de violência feias e indignas. O aspecto mais irritante desse seu traço de personalidade era sua capacidade de escondê-lo do mundo, para o qual ele se apresentava invariavelmente como um pai estável, amoroso e dedicado. Na percepção pública, não existia nem um traço da falha destrutiva de seu caráter que o alienaria de seu filho por tantos anos.

Para o menino, foi o amor que ele recebeu com os cuidados das duas velhas senhoras que lhe permitiu amar seu pai e se curvar à perversidade que conquistara o status de respeito paterno naquelas partes do mundo, independentemente da qualidade da paternidade. Ou talvez fosse porque o tempo é um ótimo remédio, conforme afirmaram as velhas senhoras, e o impacto dramático que os eventos tiveram no passado fora de alguma forma substituído por julgamentos mais comedidos.

Não se podia dizer que o filho de Wardeh se acalmou, mesmo na velhice, mas ele tinha um imenso orgulho do menino por seus feitos na juventude. Havia um maço de poemas e contos escritos em árabe pelo menino aos 9 anos de idade, que o pai manteve guardados na gaveta de sua cômoda de mogno favorita, os quais foram descobertos após sua morte.

A intuição do menino que lhe dizia que ele estava se despedindo das velhas senhoras pela última vez estava certa. Pouco tempo depois, elas ficaram velhas e enfermas demais para continuar vivendo em sua pequena casa em Nazaré. O filho de Wardeh trouxe sua mãe para a cidade grande, onde ela ocupou o pequeno quarto que fora do menino. Ali ela morreu de uma suspeita tuberculose, aos 85 anos. Jamileh foi para uma casa de repouso para idosos, que era gerida por freiras. Ela morreu em paz, dormindo, aos 87 anos.

Após a morte das velhas senhoras, o filho de Wardeh não perdeu tempo em vender a casa de Nazaré, por um valor insignificante. Ele não tinha interesse pela casa, nem sentimental, nem qualquer outro, e não queria a responsabilidade de mantê-la.

O neto de Wardeh ficou com o coração partido ao saber da notícia. Não acreditava que seu pai tivesse se livrado com tanta indiferença daquela propriedade que significou tanto para ele pessoalmente. Na cabeça do neto, a pequena casa era um templo à memória de sua avó e sua irmã, que o guiaram e cuidaram dele durante uma fase muito difícil de sua vida. Ele devia muito a elas, inclusive o que havia sobrado de sua infância e a oportunidade de conquistar sua liberdade.

Ele alimentava o sonho de que, um dia, quando a velhice lhe chegasse, faria uma peregrinação à casa de

Nazaré e passaria uma noite dormindo sozinho em um colchão no quarto grande. Por uma última noite, imaginava, ele se deitaria no escuro e ouviria o som do sino tocando no convento das freiras abençoadas. Realizar o sonho teria sido o máximo, embora só o sonho já fosse um tributo digno para as duas velhas senhoras. Ele continuou a acreditar que elas permaneciam olhando por ele do além-túmulo.

Como eu tive conhecimento dessa história comovente, de uma família que, como muitas outras, lutou contra a discórdia e a mágoa, com tantos detalhes dramáticos, sem ter vivido entre seus integrantes? A verdade é que Wardeh era minha avó, e seu filho, meu pai. Jamileh, sua irmã, era minha tia-avó, e o menino era eu.

MATRIX